초등 중 완성

교과특강

초1

A3

수 배열 규칙

사고력
문제해결력

측정 · 규칙성
자료와 가능성

에듀★히어로
─ Edu HERO ─

"진짜 히어로는 우리 아이들입니다!"

에듀히어로는
우리 아이들이 밝고 건강한 내일을 꿈꿀 수 있도록
긍정적이고 효과적인 교육 서비스를 제공하는 것을
최우선 목표로 하고 있습니다.

그 존재만으로도 든든한 히어로처럼 아이들의 곁에서 힘이 되어주고,
나아가 아이들 각자가 스스로의 인생 속 히어로가 될 수 있도록

우리는 진심과 열정을 다해 아이들과 함께 할 것을 약속 드립니다.

☕ **네이버 카페**

교재 상세 소개와 진단 테스트
및 유용하게 풀 수 있는
학습 자료를 다운로드 해 보세요.

📷 **인스타그램**

에듀히어로 인스타그램을
팔로우하시면 다양한 이벤트와
신간 소식을 빠르게 만나보실
수 있습니다.

💬 **카카오톡 채널**

자녀 수학 공부 상담 및
자유로운 질문을 남겨 주세요.
함께 고민하고
답변해 드리겠습니다.

히어로컨텐츠 HEROCONTENS

발행일: 2022년 12월   **발행인:** 이예찬

기획개발: 두줄수학연구소

디자인: 4BD STUDIO   **삽화:** 1000DAY

발행처: 히어로컨텐츠

주소: 서울특별시 금천구 서부샛길 632, 7층(대륭테크노타운5차)

전화: 02-862-2220   **팩스:** 02-862-2227

지원카페: cafe.naver.com/eduherocafe   **인스타그램:** @edu__hero   **카카오톡:** 에듀히어로

초등 수학 핵심파트 집중 완성 교과특강

수학을 잘 하기 위해서는 1) 수와 연산 2) 도형 3) 측정 4) 규칙성 5) 자료와 가능성 등 초등 수학 5대 학습 영역을 고르게 학습해야 합니다.

다른 교과 과목에 비해 많은 시간을 수학을 학습하는 데 할애하고 있지만 아쉽게도 대부분은 연산 영역에 편중되어 있습니다.

최근 들어 '도형' 등 연산 이외의 다른 영역으로 학습을 확장하는 교재들이 출간되고 있지만 여전히 학년별로 다양한 학습 영역과 필수 주제를 체계적으로 안내해 주는 학습지는 많지 않은 것이 현실입니다.

그런 이유로 교과특강은 학년별 필수 주제를 기본 개념부터 응용, 사고력까지 충분하게 학습하고 훈련할 수 있도록 개발되었습니다

수학을 잘 하고 싶은 학생들에게 노력한 만큼의 성장을 이루어내는 데 교과특강은 좋은 토양과 밑거름이 되어줄 것입니다.

초등 수학 핵심파트 집중 완성 교과특강은

1. '자료 해석 능력'을 집중적으로 키웁니다.

앞으로의 학습은 주어진 표와 그래프를 보고 그 의미를 해석하고 추론하는 '자료 해석 능력'을 요구합니다. 실제로 초등 전학년 뿐만 아니라 중등 과정에서도 '자료 해석'은 학습자의 문제해결력을 확인하는 중요한 소재가 되고 있습니다.

다양한 표와 그래프를 이해하고 해석하는 학습은 초등 과정부터 미리 준비하고 집중적으로 훈련할 필요가 있습니다.

2. '측정', '규칙성' 등 필수 영역임에도 쉽게 지나칠 수 있는 주제를 체계적으로 학습합니다.

길이, 무게, 시간, 어림하기 등 초등 과정에서 쉽게 지나치기 쉬운 '측정'과 추론 능력을 길러주는 '규칙성'을 집중적으로 학습합니다.

3. 복습과 예습으로 학년과 학년 사이의 징검다리 역할을 합니다.

1학년에서 2학년, 2학년에서 3학년, 3학년에서 4학년 등 학년이 올라갈수록 특정 영역에서 수학이 갑자기 어려워지는 순간이 옵니다. 교과특강은 각 학년에서 반드시 짚고 넘어가야 하는 주제를 복습하면서 다음 학년을 위한 예습까지 할 수 있도록 개발되었습니다.

4. 문제해결력과 사고력을 길러줍니다.

기본적인 개념을 바탕으로 이를 응용하고 활용하는 문제해결력과 생각하는 힘을 길러줍니다.

초등 수학 핵심파트 집중 완성 **교과특강**은

7세부터 6학년까지 총 7단계 21권(단계별 3권)으로 구성되어 있으며 각 권은 하루에 1장씩 주 5회, 총 4주 간 체계적으로 학습할 수 있습니다.

매주 5일차의 학습이 끝난 뒤엔 '생각더하기'를 통해 창의력과 사고력을 기르고, 4주의 학습이 끝난 뒤엔 '링크'와 '형성평가'로 관련 주제를 학습하고 교과 수학을 완성할 수 있습니다.

대 상	단 계	구 성
7세 ~ 1학년	P	P1, P2, P3
1학년	A	A1, A2, A3
2학년	B	B1, B2, B3
3학년	C	C1, C2, C3
4학년	D	D1, D2, D3
5학년	E	E1, E2, E3
6학년	F	F1, F2, F3

〈교과 수학 시리즈 A단계 로드맵〉

에듀히어로의 교과 수학 시리즈를 체계적으로 학습하기 위한 로드맵입니다.

예습을 하며 집중적으로 학습하려면 '영역별 집중 학습'을,

교과서 진도에 맞추어 학습하려면 '교과 진도 맞춤 학습'을 권장드립니다.

[영역별 집중 학습]

1월	2월	3월	4월	5월	6월
교과연산 A0 / 교과도형 A1	교과연산 A1 / 교과도형 A2	교과연산 A2 / 교과도형 A3	교과연산 A3 / 교과특강 A1	교과특강 A2	교과특강 A3

[교과 진도 맞춤 학습]

1월	2월	3월	4월	5월	6월	7월	8월	9월	10월
교과연산 A0	교과도형 A1	교과연산 A1	교과도형 A2	교과연산 A2	교과도형 A3	교과연산 A3	교과특강 A1	교과특강 A2	교과특강 A3

교과특강은 교과 수학을 완성합니다.

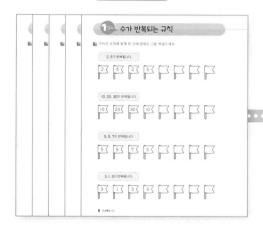

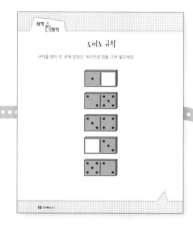

초등 수학을 주제별로 집중 학습합니다. 각 주차의 마지막에 있는 **생각더하기**로 문제해결력을 기릅니다.

주제별 학습과 연결하여 사고력과 창의력을 향상시킬 수 있는 내용을 학습합니다.

2회의 형성평가로 배운 내용을 잘 알고 있는지 확인합니다.

이 책의 차례

1 주차 수 배열

주어진 규칙에 맞게 빈 곳에 알맞은 수를 써넣으세요.

2, 5가 반복됩니다.

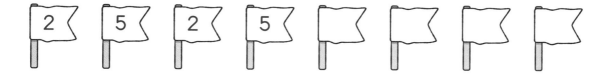

10, 20, 30이 반복됩니다.

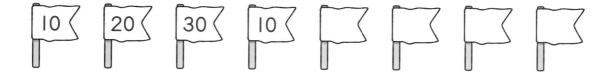

5, 5, 7이 반복됩니다.

3, 1, 3이 반복됩니다.

■ 규칙에 따라 빈칸에 알맞은 수를 써넣으세요.

7 — 3 — 7 — 3 — 7 — 3 — ☐ — ☐

5 — 5 — 6 — 5 — 5 — ☐ — 5 — ☐

1 — 11 — 1 — 11 — ☐ — ☐ — 1 — 11

4 — 3 — 2 — 4 — 3 — ☐ — ☐ — 3

3 — 10 — 3 — 3 — ☐ — 3 — ☐ — 10

2 — 4 — 6 — 2 — 4 — ☐ — 2 — ☐

주어진 규칙에 맞게 빈칸에 알맞은 수를 써넣으세요.

3부터 시작하여 1씩 커집니다.

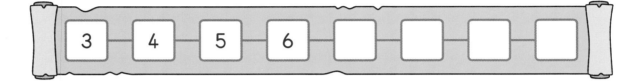

1부터 시작하여 2씩 커집니다.

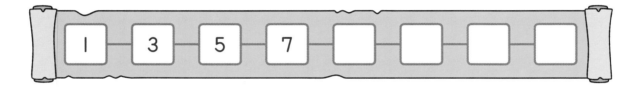

10부터 시작하여 5씩 커집니다.

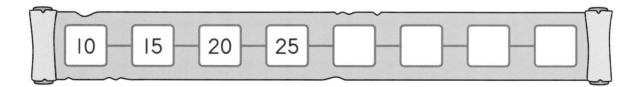

11부터 시작하여 10씩 커집니다.

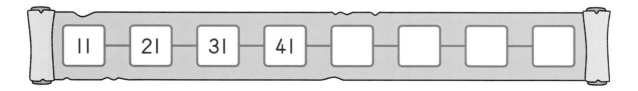

규칙에 따라 빈칸에 알맞은 수를 써넣으세요.

2 — 4 — 6 — 8 — 10 — ☐ — ☐ — 16

10 — 11 — 12 — 13 — 14 — ☐ — 16 — ☐

3 — 8 — 13 — 18 — 23 — 28 — ☐ — ☐

10 — 20 — 30 — 40 — ☐ — ☐ — ☐ — 80

1 — 4 — 7 — 10 — 13 — ☐ — ☐ — ☐

51 — 53 — 55 — 57 — ☐ — 61 — ☐ — ☐

주어진 규칙에 맞게 빈 곳에 알맞은 수를 써넣으세요.

10부터 시작하여 1씩 작아집니다.

15부터 시작하여 2씩 작아집니다.

90부터 시작하여 10씩 작아집니다.

30부터 시작하여 3씩 작아집니다.

■ 규칙에 따라 빈칸에 알맞은 수를 써넣으세요.

20 — 18 — 16 — 14 — 12 — 10 — ☐ — ☐

40 — 35 — 30 — 25 — 20 — ☐ — 10 — ☐

25 — 23 — 21 — 19 — ☐ — 15 — ☐ — 11

49 — 48 — 47 — 46 — 45 — ☐ — ☐ — ☐

32 — 28 — 24 — 20 — ☐ — 12 — ☐ — ☐

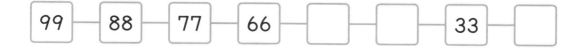

99 — 88 — 77 — 66 — ☐ — ☐ — 33 — ☐

🟦 규칙에 따라 빈 곳에 알맞은 수를 써넣으세요.

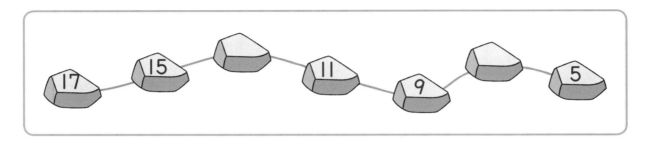

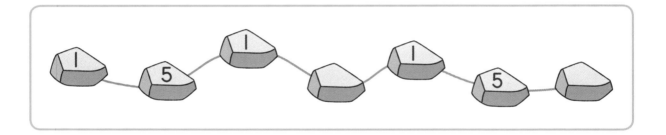

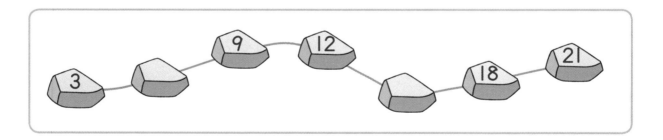

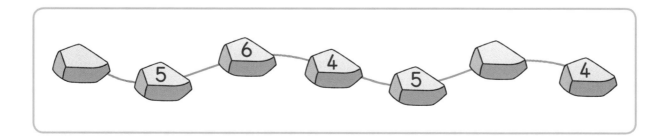

■ 물음에 답하세요.

1부터 시작하여 **5**씩 커지도록 수를 씁니다. 색칠된 칸에 들어가는 수는 무엇일까요?

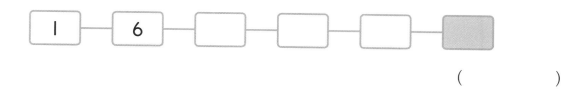

( )

30부터 시작하여 **2**씩 작아지도록 수를 씁니다. 색칠된 칸에 들어가는 수는 무엇일까요?

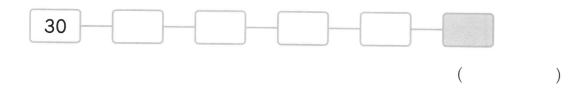

( )

1, 3, 1이 반복되도록 빈칸에 수를 씁니다. **3**은 모두 몇 번 쓸까요?

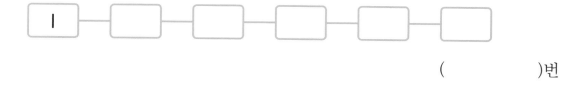

( )번

규칙을 찾아 빈칸에 알맞은 수를 써넣으세요.

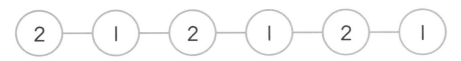

규칙 [ ], [ ]이 반복됩니다.

규칙 [ ]부터 시작하여 [ ]씩 커집니다.

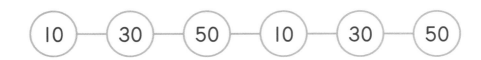

규칙 [ ], [ ], [ ]이 반복됩니다.

규칙 [ ]부터 시작하여 [ ]씩 작아집니다.

■ 수 배열에서 규칙을 찾아 써 보세요.

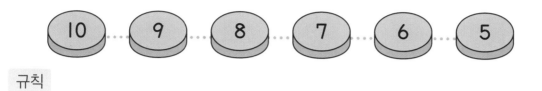

규칙

_____

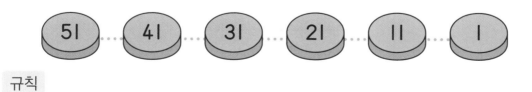

규칙

_____

규칙

_____

규칙

_____

도미노 규칙

규칙을 찾아 빈 곳에 알맞은 개수만큼 점을 그려 넣으세요.

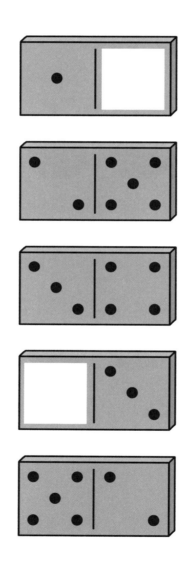

2 주차

백판

수의 순서에 맞게 빈칸에 알맞은 수를 써넣으세요.

1	2	3	4	5	6	7	8	9	10
11	12	13	14	15	16				20
21	22	23	24	25	26				30
31	32	33	34	35	36				40
41			45	46	47	48	49	50	
51			55	56	57	58	59		
61			65	66	67	68	69		
71	72	73	74	75	76	77	78	79	
81	82	83	84	85	86	87	88	89	
				96	97	98	99		

백판 수 배열표는 오른쪽으로 1씩 커지고, 왼쪽으로 1씩 작아집니다.
백판 수 배열표는 아래로 10씩 커지고, 위로 10씩 작아집니다.

■ 왼쪽 백판을 보고 빈칸에 알맞은 수를 써넣고 알맞은 말에 ◯표 하세요.

오른쪽으로 [ ]씩 (커집니다 , 작아집니다).

왼쪽으로 [ ]씩 (커집니다 , 작아집니다).

아래로 [ ]씩 (커집니다 , 작아집니다).

위로 [ ]씩 (커집니다 , 작아집니다).

╲ 방향으로 [ ]씩 (커집니다 , 작아집니다).

╱ 방향으로 [ ]씩 (커집니다 , 작아집니다).

■ 백판의 일부입니다. 빈칸에 알맞은 수를 써넣으세요.

1	2	3
	12	13
		23

24		26
	35	
44		46

	63	
72	73	74
	83	

		40
48		50
58		

	16	17
35	36	

	86	87
	96	97

백판의 일부입니다. 주어진 수가 들어가는 칸에 색칠해 보세요.

27

16	17	18

12

	3	
	13	
	23	

50

38	39	
48		

54

		56
	65	66

21

		23
41		

98

77		
		89

백판의 일부입니다. 빈칸에 알맞은 수를 써넣으세요.

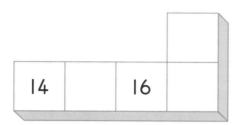

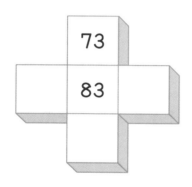

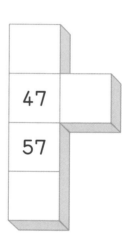

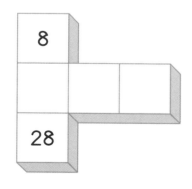

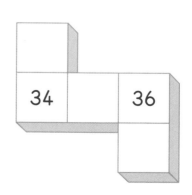

■ 백판의 일부입니다. 주어진 수가 들어가는 칸에 색칠해 보세요.

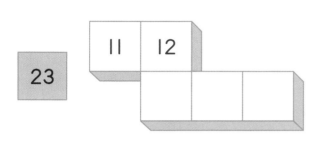

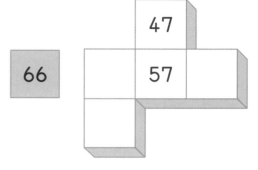

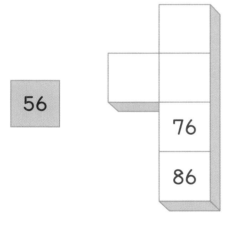

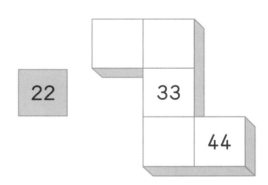

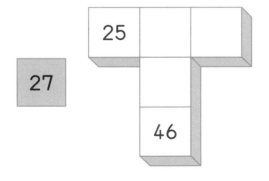

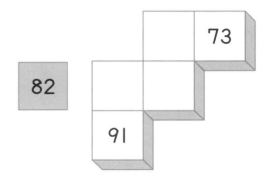

가장 크고 작은 수

백판의 일부입니다. 가장 큰 수가 들어가는 칸에 ○표 하고, ○표 한 칸에 알맞은 수를 써넣으세요.

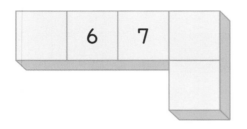

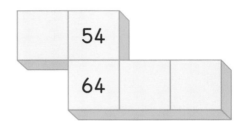

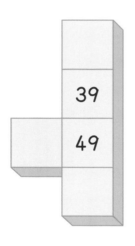

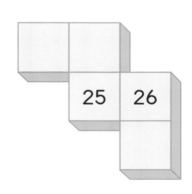

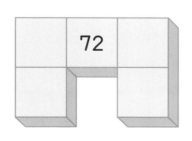

■ 백판의 일부입니다. 가장 작은 수가 들어가는 칸에 △표 하고, △표 한 칸에 알맞은 수를 써넣으세요.

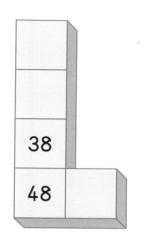

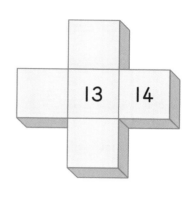

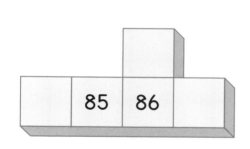

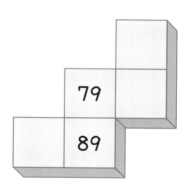

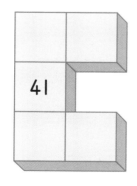

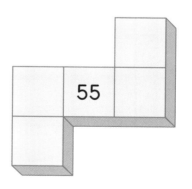

백판의 일부입니다. 물음에 답하세요.

1	2	3	4						10
11	12	13				17	18	19	20
21	22	23			26				
31	32			35			38	39	40
41	42	43	44	45	46	47	48	49	50

4에서 오른쪽으로 3칸 간 곳에 있는 수는 무엇인가요?

(   )

13에서 오른쪽으로 2칸, 아래로 1칸 간 곳에 있는 수는 무엇인가요?

(   )

50에서 위로 2칸, 왼쪽으로 3칸 간 곳에 있는 수는 무엇인가요?

(   )

백판의 일부입니다. 물음에 답하세요.

51				55	56	57	58	59	60
61	62	63	64		66	67			
71	72	73	74	75	76	77			
							87	88	89
							97	98	99	100

58에서 아래로 2칸 간 곳에 있는 수는 무엇인가요?

( )

77에서 위로 1칸, 오른쪽으로 3칸 간 곳에 있는 수는 무엇인가요?

( )

74에서 왼쪽으로 3칸, 아래로 2칸 간 곳에 있는 수는 무엇인가요?

( )

부서진 백판

백판이 부서져 조각났습니다. 부서진 조각 중 백판이 아닌 것에 ✕표 하세요.

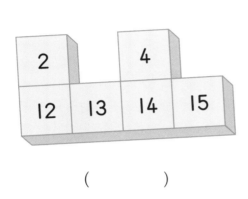

( )

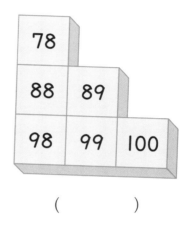

( )

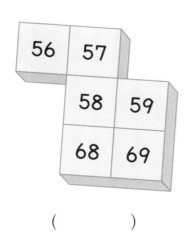

( )

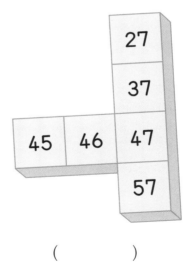

( )

3 주차

수 배열표

뛰어 세는 규칙

규칙에 따라 수를 색칠해 보세요.

1부터 시작하여 2씩 커집니다.

1	2	3	4	5	6	7	8	9	10
11	12	13	14	15	16	17	18	19	20
21	22	23	24	25	26	27	28	29	30

33부터 시작하여 3씩 커집니다.

31	32	33	34	35	36	37	38	39	40
41	42	43	44	45	46	47	48	49	50
51	52	53	54	55	56	57	58	59	60

61부터 시작하여 5씩 커집니다.

61	62	63	64	65	66	67	68	69	70
71	72	73	74	75	76	77	78	79	80
81	82	83	84	85	86	87	88	89	90

규칙에 따라 수를 색칠해 보세요.

1	2	3	4	5	6	7	8	9	10
11	12	13	14	15	16	17	18	19	20

21	22	23	24	25	26	27	28	29	30
31	32	33	34	35	36	37	38	39	40

41	42	43	44	45	46	47	48	49	50
51	52	53	54	55	56	57	58	59	60
61	62	63	64	65	66	67	68	69	70

71	72	73	74	75	76	77	78	79	80
81	82	83	84	85	86	87	88	89	90
91	92	93	94	95	96	97	98	99	100

■ 규칙을 찾아 빈칸에 알맞은 수를 써넣으세요.

11	12	13	14	15	16	17	18	19	20
21	22	23	24	25	26	27	28	29	30
31	32	33	34	35	36	37	38	39	40

규칙 ☐ 부터 시작하여 ☐ 씩 커집니다.

31	32	33	34	35	36	37	38	39	40
41	42	43	44	45	46	47	48	49	50
51	52	53	54	55	56	57	58	59	60

규칙 ☐ 부터 시작하여 ☐ 씩 커집니다.

1	2	3	4	5	6	7	8	9	10
11	12	13	14	15	16	17	18	19	20
21	22	23	24	25	26	27	28	29	30

규칙 ☐ 부터 시작하여 ☐ 씩 커집니다.

규칙에 따라 수를 색칠하고, 색칠한 수의 규칙을 써 보세요.

1	2	3	4	5	6	7	8	9	10
11	12	13	14	15	16	17	18	19	20
21	22	23	24	25	26	27	28	29	30
31	32	33	34	35	36	37	38	39	40

규칙

_____

61	62	63	64	65	66	67	68	69	70
71	72	73	74	75	76	77	78	79	80
81	82	83	84	85	86	87	88	89	90
91	92	93	94	95	96	97	98	99	100

규칙

_____

가로세로 규칙

규칙에 따라 빈칸에 알맞은 수를 써넣으세요.

오른쪽으로 1씩 커지고
아래로 3씩 커집니다.

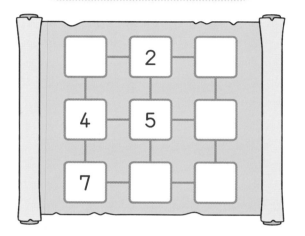

오른쪽으로 3씩 커지고
아래로 1씩 커집니다.

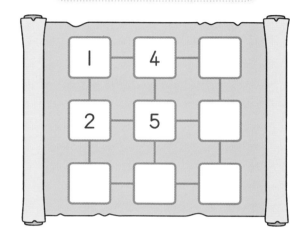

오른쪽으로 1씩 작아지고
아래로 3씩 커집니다.

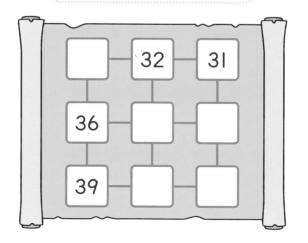

오른쪽으로 10씩 커지고
아래로 1씩 작아집니다.

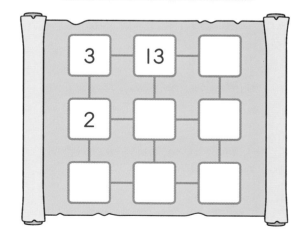

■ 규칙에 따라 빈칸에 알맞은 수를 써넣으세요.

왼쪽으로 1씩 커지고
위로 3씩 작아집니다.

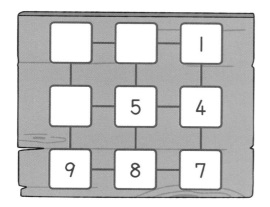

왼쪽으로 3씩 작아지고
위로 1씩 커집니다.

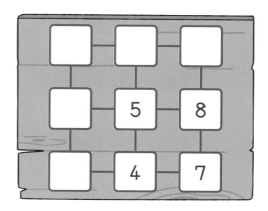

왼쪽으로 3씩 커지고
위로 1씩 작아집니다.

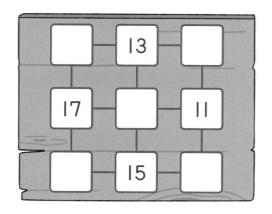

왼쪽으로 1씩 작아지고
위로 10씩 작아집니다.

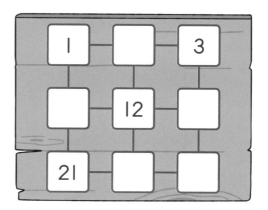

규칙을 찾아 빈칸에 알맞은 수를 써넣고 알맞은 말에 ◯표 하세요.

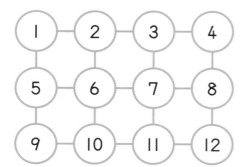

규칙

오른쪽으로 [ ]씩 (커집니다 , 작아집니다).

아래로 [ ]씩 (커집니다 , 작아집니다).

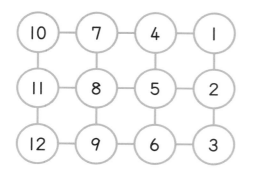

규칙

왼쪽으로 [ ]씩 (커집니다 , 작아집니다).

위로 [ ]씩 (커집니다 , 작아집니다).

규칙

오른쪽으로 [ ]씩 (커집니다 , 작아집니다).

아래로 [ ]씩 (커집니다 , 작아집니다).

수 배열에서 규칙 2가지를 찾아 써 보세요.

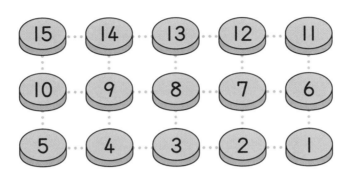

규칙 1

_____

규칙 2

_____

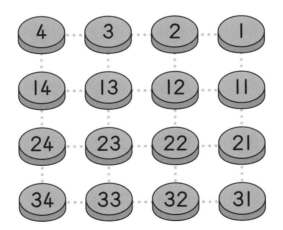

규칙 1

_____

규칙 2

_____

규칙에 따라 빈칸에 알맞은 수를 써넣으세요.

1		7	10
2	5		
	6		12

4	3	2	
	7	6	5
		10	9

21	20		
	16	15	
		11	10

51		53	
	56		58
59		61	

		3	4
	12	13	
21	22		

		11	1
32			2
33	23		

규칙에 따라 수를 써넣을 때 **?** 에 들어가는 수를 구해 보세요.

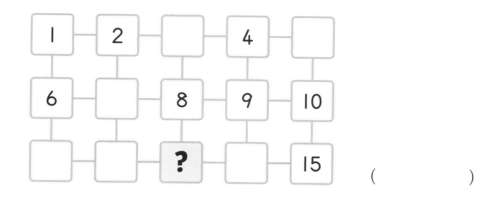

(   )

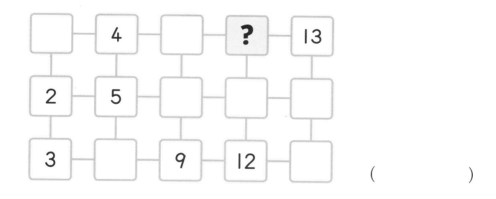

(   )

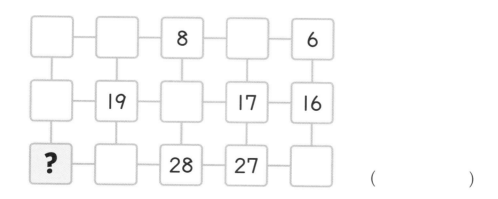

(   )

버스 자리의 번호

규칙에 따른 버스 자리의 번호입니다. 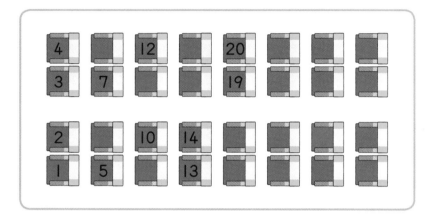 자리의 번호는 몇 번일까요?

 자리의 번호: ☐ 번

4 주차

덧셈뺄셈표

덧셈표입니다. 빈칸에 알맞은 수를 써넣으세요.

+	1	2	3	4
1	2	3	4	5
2	3	4	5	
3	4	5		
4	5			

+	1	3	5	7
1	2		6	
3		6		10
5	6		10	
7		10		

위와 왼쪽에 있는 수의 합을
이용하여 빈칸을 채웁니다.

+	5	6	7	8
5		11		13
6	11		13	
7		13		15
8	13		15	

+	0	3	6	9
0		3		9
3		6		12
6	6		12	
9	9		15	

뺄셈표입니다. 빈칸에 알맞은 수를 써넣으세요.

−	9	10	11	12
1				11
2			9	10
3		7	8	9
4	5	6	7	8

−	10	12	14	16
2		10		14
4	6		10	
6		6		10
8	2		6	

위와 왼쪽에 있는 수의 차를
이용하여 빈칸을 채웁니다.

−	13	14	15	16
3	10		12	
4		10		12
5	8		10	
6		8		10

−	10	13	16	19
1	9	12		
4			12	15
7	3	6		
10			6	9

덧셈표에서 규칙을 찾아 빈칸에 알맞은 수를 써넣고 알맞은 말에 ◯표 하세요.

+	1	2	3
1	2	3	4
2	3	4	5
3	4	5	6

규칙

오른쪽으로 ☐ 씩 (커집니다 , 작아집니다).

아래로 ☐ 씩 (커집니다 , 작아집니다).

+	2	4	6
1	3	5	7
3	5	7	9
5	7	9	11

규칙

왼쪽으로 ☐ 씩 (커집니다 , 작아집니다).

위로 ☐ 씩 (커집니다 , 작아집니다).

+	1	4	7
2	3	6	9
5	6	9	12
8	9	12	15

규칙

╲ 방향으로 ☐ 씩 (커집니다 , 작아집니다).

╱ 방향으로 수가 (같습니다 , 다릅니다).

뺄셈표에서 규칙을 찾아 빈칸에 알맞은 수를 써넣고 알맞은 말에 ◯표 하세요.

−	6	7	8
1	5	6	7
2	4	5	6
3	3	4	5

규칙

오른쪽으로 ☐ 씩 (커집니다 , 작아집니다).

아래로 ☐ 씩 (커집니다 , 작아집니다).

−	6	8	10
2	4	6	8
4	2	4	6
6	0	2	4

규칙

왼쪽으로 ☐ 씩 (커집니다 , 작아집니다).

위로 ☐ 씩 (커집니다 , 작아집니다).

−	11	14	17
3	8	11	14
6	5	8	11
9	2	5	8

규칙

╲ 방향으로 수가 (같습니다 , 다릅니다).

╱ 방향으로 ☐ 씩 (커집니다 , 작아집니다).

덧셈표의 규칙에 따라 빈칸에 알맞은 수를 써넣으세요.

+	0	1	2
0	0	1	2
1	1	2	3
2	2	3	4

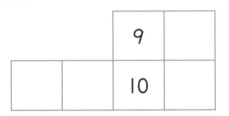

+	1	3	5
3	4	6	8
5	6	8	10
7	8	10	12

뺄셈표의 규칙에 따라 빈칸에 알맞은 수를 써넣으세요.

−	11	12	13
1	10	11	12
2	9	10	11
3	8	9	10

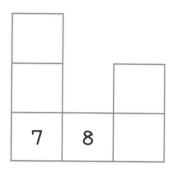

−	10	12	14
0	10	12	14
2	8	10	12
4	6	8	10

덧셈표를 보고 물음에 답하세요.

+	0	?	6	9
1	1	4	7	
4	4	7		
7	7			
10				

?에 들어가는 수는 무엇인가요?

(   )

덧셈표에 들어가는 수 중에서 가장 큰 수는 무엇인가요?

(   )

덧셈표를 완성했을 때 13은 몇 번 쓰나요?

(   )번

뺄셈표를 보고 물음에 답하세요.

−	12	14	16	18
2		12		
4	8		12	
?		8		12
8			8	

?에 들어가는 수는 무엇인가요?

(   )

뺄셈표에 들어가는 수 중에서 가장 작은 수는 무엇인가요?

(   )

뺄셈표를 완성했을 때 10은 몇 번 쓰나요?

(   )번

규칙을 찾아 빈칸에 알맞은 수를 써넣고 알맞은 말에 ◯표 하세요.

1	2	3	4
3	4	5	6
5	6	7	8
7	8	9	10

규칙

오른쪽으로 ☐ 씩 (커집니다 , 작아집니다).

아래로 ☐ 씩 (커집니다 , 작아집니다).

6	4	2	0
9	7	5	3
12	10	8	6
15	13	11	9

규칙

왼쪽으로 ☐ 씩 (커집니다 , 작아집니다).

위로 ☐ 씩 (커집니다 , 작아집니다).

4	6	8	10
3	5	7	9
2	4	6	8
1	3	5	7

규칙

╲ 방향으로 ☐ 씩 (커집니다 , 작아집니다).

╱ 방향으로 ☐ 씩 (커집니다 , 작아집니다).

규칙에 따라 수 배열표를 완성해 보세요.

2	4	6	8
3	5		
4		8	
5			11

9	8		6
	9		7
11		9	
12		10	9

4	7		13
	6	9	
	5	8	11
1			10

15		11	9
	10		6
9		5	
6	4		0

16	11	6	
17			2
18			3
	14	9	4

	6	8	10
	10	12	
12	14	16	
16			22

비밀번호

일정한 규칙이 있는 수 배열표가 있습니다. 보물 상자를 열 수 있는 비밀번호는 수 배열표에서 색칠된 칸에 들어가는 두 수의 합입니다. 비밀번호를 구해 빈칸에 써넣으세요.

비밀번호:

링크 화살표 규칙

화살표 규칙

화살표 규칙에 따라 빈칸에 알맞은 수를 써넣으세요.

> → : **1**씩 커집니다.　　　↓ : **10**씩 커집니다.
>
> ← : **1**씩 작아집니다.　　↑ : **10**씩 작아집니다.

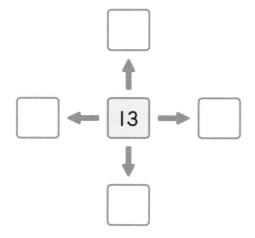

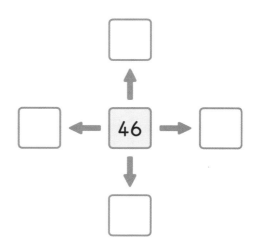

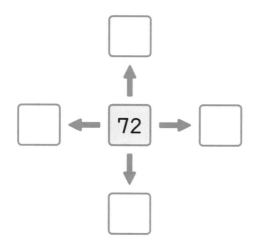

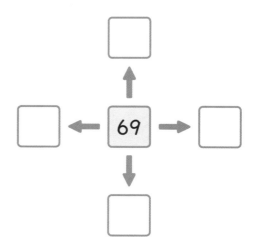

화살표 규칙에 따라 빈칸에 알맞은 수를 써넣으세요.

> **→** : l씩 커집니다. **↓** : l0씩 커집니다.
>
> **←** : l씩 작아집니다. **↑** : l0씩 작아집니다.

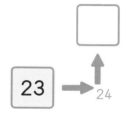

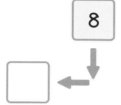

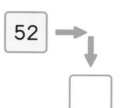

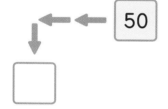

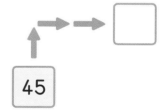

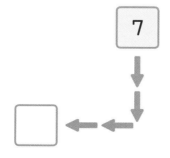

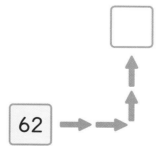

■ **출발** 칸의 수에서 화살표 규칙에 따라 수가 커지거나 작아집니다. 빈 곳에 알맞게 화살
표를 그려 보세요.

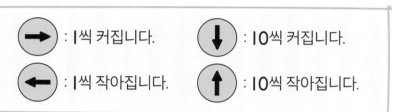

출발 칸의 수에서 화살표 규칙에 따라 수가 커지거나 작아집니다. 빈 곳에 알맞게 화살표를 그려 보세요.

→ : 1씩 커집니다.　　　↓ : 10씩 커집니다.

← : 1씩 작아집니다.　　↑ : 10씩 작아집니다.

출발
35 ◯ ◯ ◯ 65

출발
7 ◯ ◯ ◯ 28

출발
63 ◯ ◯ ◯ 42

출발
20 ◯ ◯ ◯ 12

출발
76 ◯ ◯ ◯ 88

출발
46 ◯ ◯ ◯ 25

여러 가지 규칙

📐 화살표 규칙에 따라 빈칸에 알맞은 수를 써넣으세요.

> **→** : **2**씩 커집니다.   **↓** : **3**씩 커집니다.
>
> **←** : **2**씩 작아집니다.   **↑** : **3**씩 작아집니다.

5 **→** ☐   ☐ **←** 10

11 **→ →** ☐   ☐ **← ←** 8

24 **→ → →** ☐   ☐ **← ← ←** 21

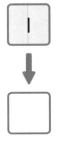   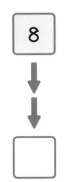      

화살표 규칙에 따라 빈칸에 알맞은 수를 써넣으세요.

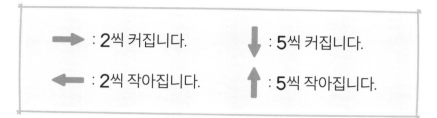

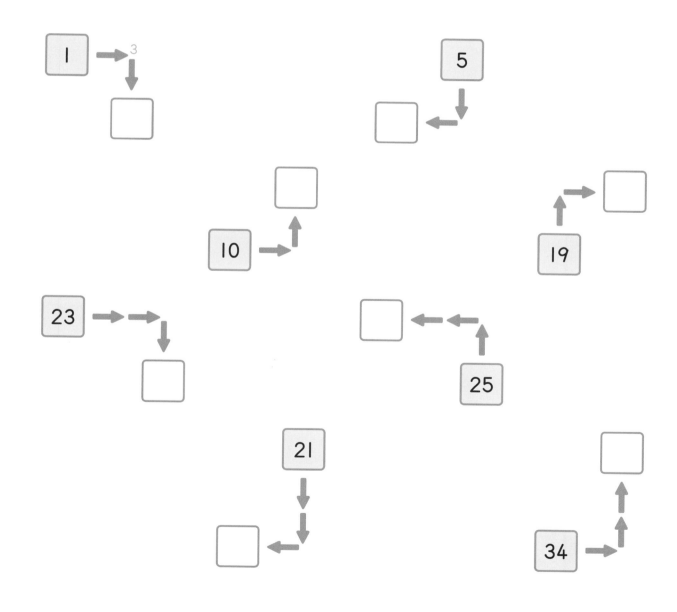

memo

형성평가

1 규칙에 따라 빈칸에 알맞은 수를 써넣으세요.

| 20 | 24 | | 32 | | 40 | 44 |

2 규칙에 따라 색칠할 때 색칠하는 수 중에서 가장 큰 수는 무엇일까요?

11	12	13	14	15	16	17	18	19	20
21	22	23	24	25	26	27	28	29	30
31	32	33	34	35	36	37	38	39	40

(   )

3 덧셈표의 규칙에 따라 빈칸에 알맞은 수를 써넣으세요.

+	0	3	6
0	0	3	6
3	3	6	9
6	6	9	12

	12	
	15	

※ 규칙에 따른 극장의 자리 안내판입니다. 물음에 답하세요. (4~5)

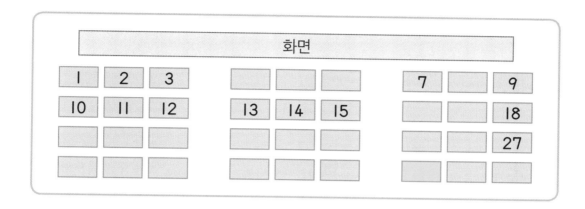

4 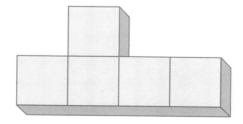 자리의 번호는 몇 번일까요?

(　　　　)번

5 위의 그림에서 21번 자리에 ◯표 하세요.

6 백판의 일부입니다. 빈칸에 들어가는 수 중에서 가장 작은 수가 5라면 가장 큰 수는 무엇일까요?

(　　　　)

1 규칙에 따라 빈칸에 알맞은 수를 써넣으세요.

2 규칙에 따라 수를 써넣을 때 **8**을 써넣는 칸에 ◯표 하세요.

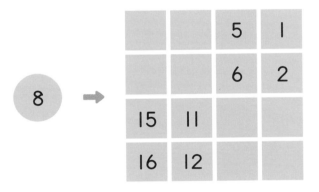

3 백판의 일부입니다. 빈칸에 알맞은 수를 써넣으세요.

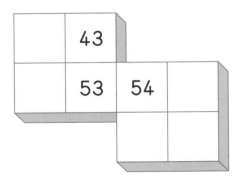

4 규칙에 따라 수 배열표를 완성해 보세요.

8			20
6	10		18
	8	12	16
	6		

※ 달력의 일부입니다. 물음에 답하세요. (5~6)

일	월	화	수	목	금	토
1	2	3	4	5	6	7
8	9	10	11	12		
15	16					
		?				

5 규칙을 찾아 빈칸에 알맞은 수를 써넣으세요.

오른쪽으로 ☐ 씩 커지고, 아래로 ☐ 씩 커집니다.

6 ? 에 들어가는 수는 무엇일까요?　　　　　　　　　　　(　　　　　　　)

memo

초등 수학 핵심파트 집중 완성

교과특강

초1

A3

수 배열 규칙

정답

사고력
문제해결력

측정 · 규칙성
자료와 가능성

에듀히어로
Edu HERO

정답

....

A3
수 배열 규칙

정답

1주차: 수 배열

8쪽·9쪽

1일차 수가 반복되는 규칙

■ 주어진 규칙에 맞게 빈 곳에 알맞은 수를 써넣으세요.

2, 5가 반복됩니다.

2 5 2 5 2 5 2 5

10, 20, 30이 반복됩니다.

10 20 30 10 20 30 10 20

5, 5, 7이 반복됩니다.

5 5 7 5 5 7 5 5

3, 1, 3이 반복됩니다.

3 1 3 3 1 3 3 1

8 교과특강_A3

■ 규칙에 따라 빈칸에 알맞은 수를 써넣으세요.

7 — 3 — 7 — 3 — 7 — 3 — 7 — 3
7, 3이 반복됩니다.

5 — 5 — 6 — 5 — 5 — 6 — 5 — 5
5, 5, 6이 반복됩니다.

1 — 11 — 1 — 11 — 1 — 11 — 1 — 11
1, 11이 반복됩니다.

4 — 3 — 2 — 4 — 3 — 2 — 4 — 3
4, 3, 2가 반복됩니다.

3 — 10 — 3 — 3 — 10 — 3 — 3 — 10
3, 10, 3이 반복됩니다.

2 — 4 — 6 — 2 — 4 — 6 — 2 — 4
2, 4, 6이 반복됩니다.

1주차_수 배열 9

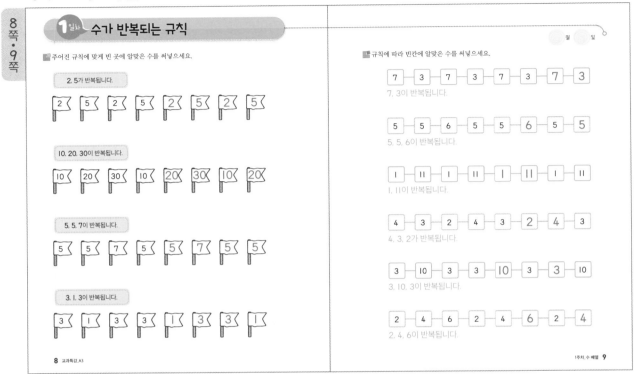

10쪽·11쪽

2일차 수가 커지는 규칙

■ 주어진 규칙에 맞게 빈칸에 알맞은 수를 써넣으세요.

3부터 시작하여 1씩 커집니다.

3 4 5 6 7 8 9 10

1부터 시작하여 2씩 커집니다.

1 3 5 7 9 11 13 15

10부터 시작하여 5씩 커집니다.

10 15 20 25 30 35 40 45

11부터 시작하여 10씩 커집니다.

11 21 31 41 51 61 71 81

10 교과특강_A3

■ 규칙에 따라 빈칸에 알맞은 수를 써넣으세요.

2 — 4 — 6 — 8 — 10 — 12 — 14 — 16
2부터 시작하여 2씩 커집니다.

10 — 11 — 12 — 13 — 14 — 15 — 16 — 17
10부터 시작하여 1씩 커집니다.

3 — 8 — 13 — 18 — 23 — 28 — 33 — 38
3부터 시작하여 5씩 커집니다.

10 — 20 — 30 — 40 — 50 — 60 — 70 — 80
10부터 시작하여 10씩 커집니다.

1 — 4 — 7 — 10 — 13 — 16 — 19 — 22
1부터 시작하여 3씩 커집니다.

51 — 53 — 55 — 57 — 59 — 61 — 63 — 65
51부터 시작하여 2씩 커집니다.

1주차_수 배열 11

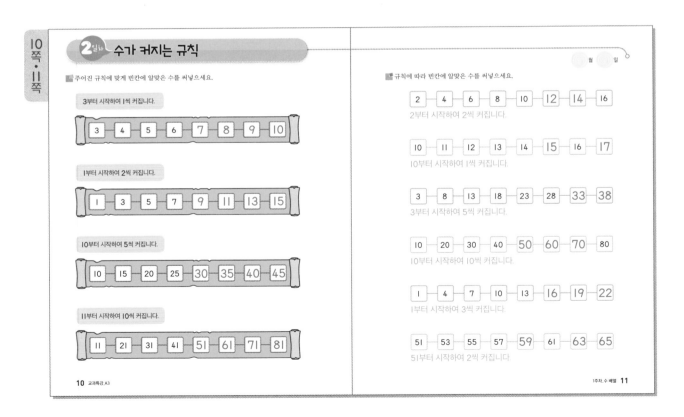

2 교과특강_A3

3일차 수가 작아지는 규칙

■ 주어진 규칙에 맞게 빈 곳에 알맞은 수를 써넣으세요.

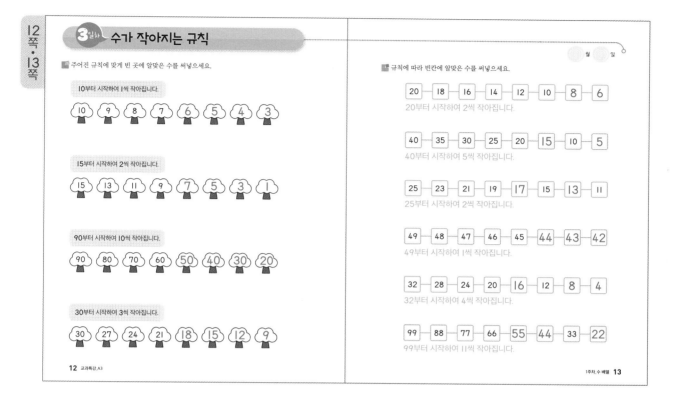

10부터 시작하여 1씩 작아집니다.

10 9 8 7 6 5 4 3

15부터 시작하여 2씩 작아집니다.

15 13 11 9 7 5 3 1

90부터 시작하여 10씩 작아집니다.

90 80 70 60 50 40 30 20

30부터 시작하여 3씩 작아집니다.

30 27 24 21 18 15 12 9

■ 규칙에 따라 빈칸에 알맞은 수를 써넣으세요.

20 — 18 — 16 — 14 — 12 — 10 — 8 — 6
20부터 시작하여 2씩 작아집니다.

40 — 35 — 30 — 25 — 20 — 15 — 10 — 5
40부터 시작하여 5씩 작아집니다.

25 — 23 — 21 — 19 — 17 — 15 — 13 — 11
25부터 시작하여 2씩 작아집니다.

49 — 48 — 47 — 46 — 45 — 44 — 43 — 42
49부터 시작하여 1씩 작아집니다.

32 — 28 — 24 — 20 — 16 — 12 — 8 — 4
32부터 시작하여 4씩 작아집니다.

99 — 88 — 77 — 66 — 55 — 44 — 33 — 22
99부터 시작하여 11씩 작아집니다.

4일차 규칙 찾기

■ 규칙에 따라 빈 곳에 알맞은 수를 써넣으세요.

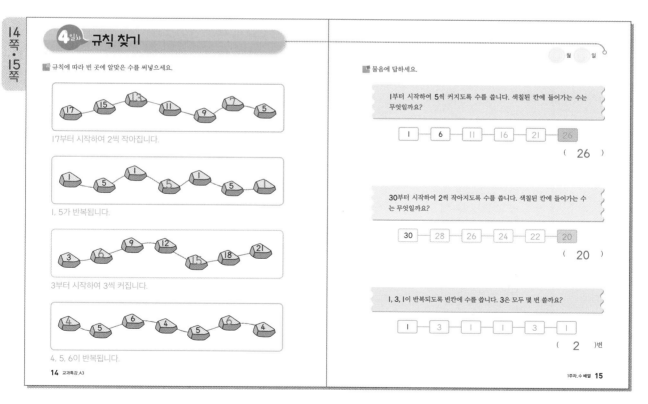

17 15 13 11 9 7 5

17부터 시작하여 2씩 작아집니다.

1 5 1 5 1 5 1

1, 5가 반복됩니다.

3 6 9 12 15 18 21

3부터 시작하여 3씩 커집니다.

4 5 6 4 5 6 4

4, 5, 6이 반복됩니다.

■ 물음에 답하세요.

1부터 시작하여 5씩 커지도록 수를 씁니다. 색칠된 칸에 들어가는 수는 무엇일까요?

1 — 6 — 11 — 16 — 21 — 26

(26)

30부터 시작하여 2씩 작아지도록 수를 씁니다. 색칠된 칸에 들어가는 수는 무엇일까요?

30 — 28 — 26 — 24 — 22 — 20

(20)

1, 3, 1이 반복되도록 빈칸에 수를 씁니다. 3은 모두 몇 번 쓸까요?

1 — 3 — 1 — 1 — 3 — 1

(2)번

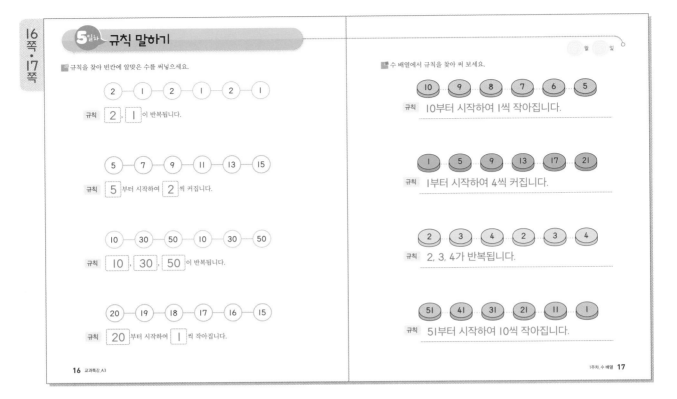

5일차 **규칙 말하기**

월 일

■ 규칙을 찾아 빈칸에 알맞은 수를 써넣으세요.

2 — 1 — 2 — 1 — 2 — 1

규칙 **2** , **1** 이 반복됩니다.

5 — 7 — 9 — 11 — 13 — 15

규칙 **5** 부터 시작하여 **2** 씩 커집니다.

10 — 30 — 50 — 10 — 30 — 50

규칙 **10** , **30** , **50** 이 반복됩니다.

20 — 19 — 18 — 17 — 16 — 15

규칙 **20** 부터 시작하여 **1** 씩 작아집니다.

■ 수 배열에서 규칙을 찾아 써 보세요.

10 9 8 7 6 5

규칙 10부터 시작하여 1씩 작아집니다.

1 5 9 13 17 21

규칙 1부터 시작하여 4씩 커집니다.

2 3 4 2 3 4

규칙 2, 3, 4가 반복됩니다.

51 41 31 21 11 1

규칙 51부터 시작하여 10씩 작아집니다.

생각 + 더하기

도미노 규칙

규칙을 찾아 빈 곳에 알맞은 개수만큼 점을 그려 넣으세요.

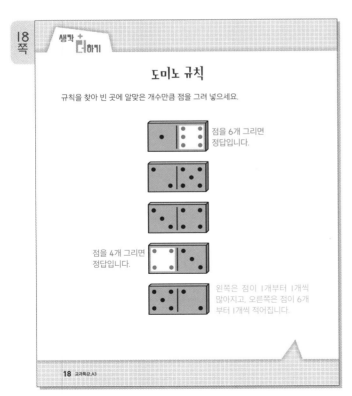

점을 6개 그리면 정답입니다.

점을 4개 그리면 정답입니다.

왼쪽은 점이 1개부터 1개씩 많아지고, 오른쪽은 점이 6개부터 1개씩 적어집니다.

2주차: 백판

1일차 백판 수 배열표

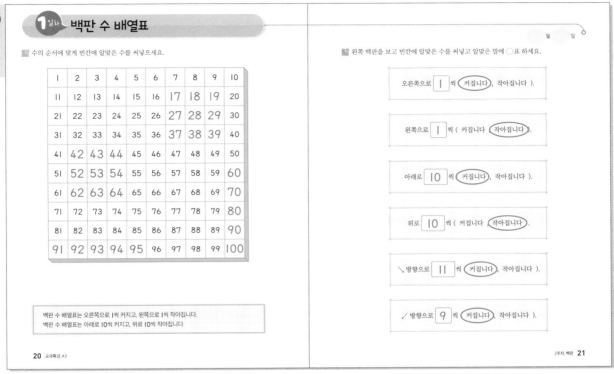

수의 순서에 맞게 빈칸에 알맞은 수를 써넣으세요.

1	2	3	4	5	6	7	8	9	10
11	12	13	14	15	16	17	18	19	20
21	22	23	24	25	26	27	28	29	30
31	32	33	34	35	36	37	38	39	40
41	42	43	44	45	46	47	48	49	50
51	52	53	54	55	56	57	58	59	60
61	62	63	64	65	66	67	68	69	70
71	72	73	74	75	76	77	78	79	80
81	82	83	84	85	86	87	88	89	90
91	92	93	94	95	96	97	98	99	100

백판 수 배열표는 오른쪽으로 1씩 커지고, 왼쪽으로 1씩 작아집니다.
백판 수 배열표는 아래로 10씩 커지고, 위로 10씩 작아집니다.

왼쪽 백판을 보고 빈칸에 알맞은 수를 써넣고 알맞은 말에 ○표 하세요.

월 일

오른쪽으로 **1** 씩 (**커집니다** , 작아집니다).

왼쪽으로 **1** 씩 (커집니다 , **작아집니다**).

아래로 **10** 씩 (**커집니다** , 작아집니다).

위로 **10** 씩 (커집니다 , **작아집니다**).

╲ 방향으로 **11** 씩 (**커집니다** , 작아집니다).

╱ 방향으로 **9** 씩 (**커집니다** , 작아집니다).

2일차 백판 조각 (1)

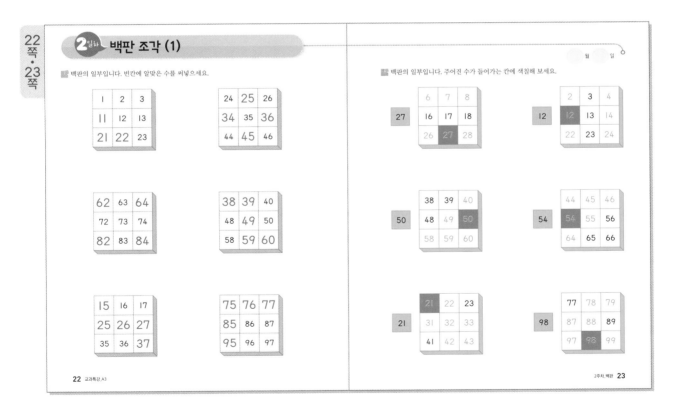

백판의 일부입니다. 빈칸에 알맞은 수를 써넣으세요.

1	2	3
11	12	13
21	22	23

24	25	26
34	35	36
44	45	46

62	63	64
72	73	74
82	83	84

38	39	40
48	49	50
58	59	60

15	16	17
25	26	27
35	36	37

75	76	77
85	86	87
95	96	97

백판의 일부입니다. 주어진 수가 들어가는 칸에 색칠해 보세요.

27

6	7	8
16	17	18
26	27	28

12

2	3	4
12	13	14
22	23	24

50

38	39	40
48	49	50
58	59	60

54

44	45	46
54	55	56
64	65	66

21

21	22	23
31	32	33
41	42	43

98

77	78	79
87	88	89
97	98	99

3일차 백판 조각 (2)

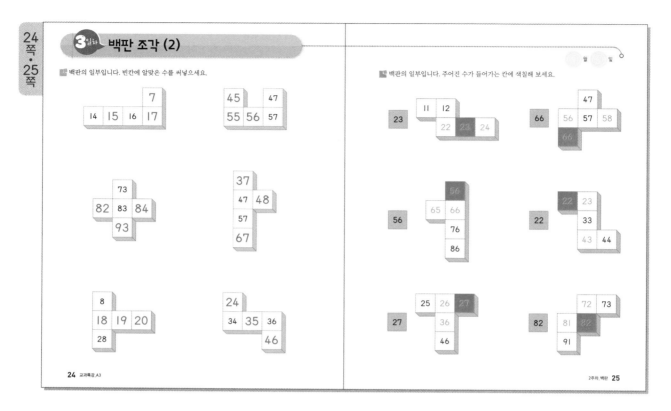

백판의 일부입니다. 빈칸에 알맞은 수를 써넣으세요.

백판의 일부입니다. 주어진 수가 들어가는 칸에 색칠해 보세요.

4일차 가장 크고 작은 수

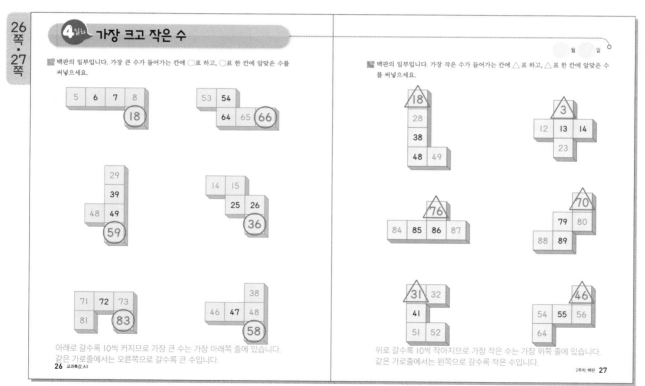

백판의 일부입니다. 가장 큰 수가 들어가는 칸에 ◯표 하고, ◯표 한 칸에 알맞은 수를 써넣으세요.

백판의 일부입니다. 가장 작은 수가 들어가는 칸에 △표 하고, △표 한 칸에 알맞은 수를 써넣으세요.

아래로 갈수록 10씩 커지므로 가장 큰 수는 가장 아래쪽 줄에 있습니다. 같은 가로줄에서는 오른쪽으로 갈수록 큰 수입니다.

위로 갈수록 10씩 작아지므로 가장 작은 수는 가장 위쪽 줄에 있습니다. 같은 가로줄에서는 왼쪽으로 갈수록 작은 수입니다.

5일차 수 이동하기

■ 백판의 일부입니다. 물음에 답하세요.

4에서 오른쪽으로 3칸 간 곳에 있는 수는 무엇인가요?

(7)

13에서 오른쪽으로 2칸, 아래로 1칸 간 곳에 있는 수는 무엇인가요?

(25)

50에서 위로 2칸, 왼쪽으로 3칸 간 곳에 있는 수는 무엇인가요?

(27)

■ 백판의 일부입니다. 물음에 답하세요.

58에서 아래로 2칸 간 곳에 있는 수는 무엇인가요?

(78)

77에서 위로 1칸, 오른쪽으로 3칸 간 곳에 있는 수는 무엇인가요?

(70)

74에서 왼쪽으로 3칸, 아래로 2칸 간 곳에 있는 수는 무엇인가요?

(91)

생각＋더하기

부서진 백판

백판이 부서져 조각났습니다. 부서진 조각 중 백판이 아닌 것에 ✕표 하세요.

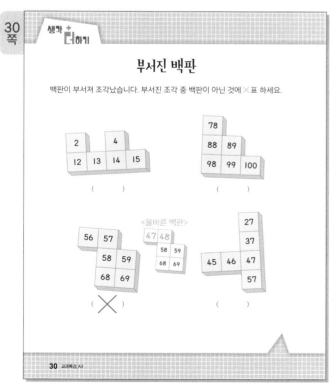

( )

( )

<올바른 백판>

(✕)

( )

3주차: 수 배열표

1일차 뛰어 세는 규칙

월 일

규칙에 따라 수를 색칠해 보세요.

1부터 시작하여 2씩 커집니다.

1	2	3	4	5	6	7	8	9	10
11	12	13	14	15	16	17	18	19	20
21	22	23	24	25	26	27	28	29	30

33부터 시작하여 3씩 커집니다.

31	32	33	34	35	36	37	38	39	40
41	42	43	44	45	46	47	48	49	50
51	52	53	54	55	56	57	58	59	60

61부터 시작하여 5씩 커집니다.

61	62	63	64	65	66	67	68	69	70
71	72	73	74	75	76	77	78	79	80
81	82	83	84	85	86	87	88	89	90

규칙에 따라 수를 색칠해 보세요.

월 일

1	2	3	4	5	6	7	8	9	10
11	12	13	14	15	16	17	18	19	20

1부터 시작하여 3씩 커집니다.

21	22	23	24	25	26	27	28	29	30
31	32	33	34	35	36	37	38	39	40

22부터 시작하여 2씩 커집니다.

41	42	43	44	45	46	47	48	49	50
51	52	53	54	55	56	57	58	59	60
61	62	63	64	65	66	67	68	69	70

44부터 시작하여 4씩 커집니다.

71	72	73	74	75	76	77	78	79	80
81	82	83	84	85	86	87	88	89	90
91	92	93	94	95	96	97	98	99	100

72부터 시작하여 6씩 커집니다.

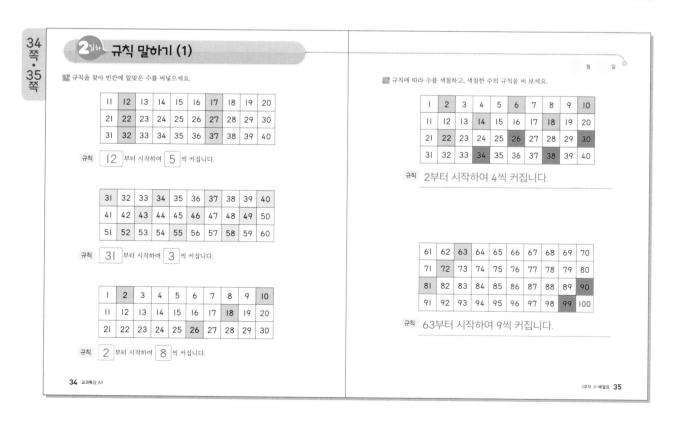

2일차 규칙 말하기 (1)

규칙을 찾아 빈칸에 알맞은 수를 써넣으세요.

11	12	13	14	15	16	17	18	19	20
21	22	23	24	25	26	27	28	29	30
31	32	33	34	35	36	37	38	39	40

규칙 **12** 부터 시작하여 **5** 씩 커집니다.

31	32	33	34	35	36	37	38	39	40
41	42	43	44	45	46	47	48	49	50
51	52	53	54	55	56	57	58	59	60

규칙 **31** 부터 시작하여 **3** 씩 커집니다.

1	2	3	4	5	6	7	8	9	10
11	12	13	14	15	16	17	18	19	20
21	22	23	24	25	26	27	28	29	30

규칙 **2** 부터 시작하여 **8** 씩 커집니다.

규칙에 따라 수를 색칠하고, 색칠한 수의 규칙을 써 보세요.

월 일

1	2	3	4	5	6	7	8	9	10
11	12	13	14	15	16	17	18	19	20
21	22	23	24	25	26	27	28	29	30
31	32	33	34	35	36	37	38	39	40

규칙 2부터 시작하여 4씩 커집니다.

61	62	63	64	65	66	67	68	69	70
71	72	73	74	75	76	77	78	79	80
81	82	83	84	85	86	87	88	89	90
91	92	93	94	95	96	97	98	99	100

규칙 63부터 시작하여 9씩 커집니다.

3일차 가로세로 규칙

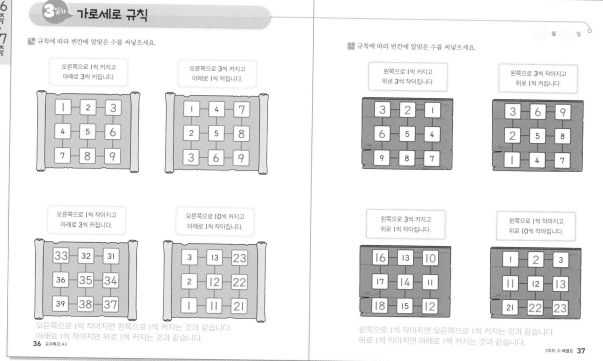

규칙에 따라 빈칸에 알맞은 수를 써넣으세요.

오른쪽으로 1씩 커지고 아래로 3씩 커집니다.

오른쪽으로 3씩 커지고 아래로 1씩 커집니다.

오른쪽으로 1씩 작아지고 아래로 3씩 커집니다.

오른쪽으로 10씩 커지고 아래로 1씩 작아집니다.

오른쪽으로 1씩 작아지면 왼쪽으로 1씩 커지는 것과 같습니다.
아래로 1씩 작아지면 위로 1씩 커지는 것과 같습니다.
36 교과특강_A3

규칙에 따라 빈칸에 알맞은 수를 써넣으세요.

왼쪽으로 1씩 커지고 위로 3씩 작아집니다.

왼쪽으로 3씩 작아지고 위로 1씩 커집니다.

왼쪽으로 3씩 커지고 위로 1씩 작아집니다.

왼쪽으로 1씩 작아지고 위로 10씩 작아집니다.

왼쪽으로 1씩 작아지면 오른쪽으로 1씩 커지는 것과 같습니다.
위로 1씩 작아지면 아래로 1씩 커지는 것과 같습니다.
3주차_수 배열표 37

4일차 규칙 말하기 (2)

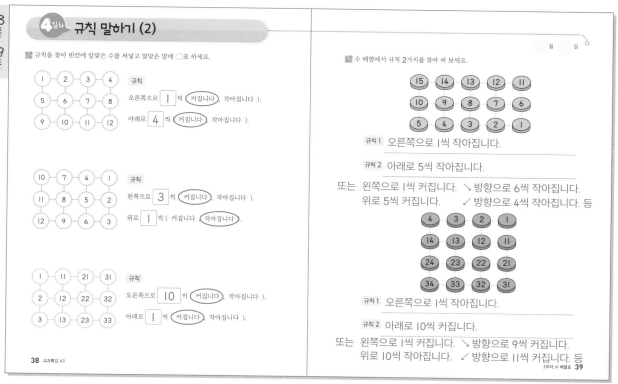

규칙을 찾아 빈칸에 알맞은 수를 써넣고 알맞은 말에 ◯표 하세요.

규칙
오른쪽으로 1 씩 (커집니다), 작아집니다).
아래로 4 씩 (커집니다), 작아집니다).

규칙
왼쪽으로 3 씩 (커집니다), 작아집니다).
위로 1 씩 (커집니다 (작아집니다)).

규칙
오른쪽으로 10 씩 (커집니다), 작아집니다).
아래로 1 씩 (커집니다), 작아집니다).

38 교과특강_A3

수 배열에서 규칙 2가지를 찾아 써 보세요.

규칙1 오른쪽으로 1씩 작아집니다.

규칙2 아래로 5씩 작아집니다.

또는 왼쪽으로 1씩 커집니다. ↘ 방향으로 6씩 작아집니다.
위로 5씩 커집니다. ↗ 방향으로 4씩 작아집니다. 등

규칙1 오른쪽으로 1씩 작아집니다.

규칙2 아래로 10씩 커집니다.

또는 왼쪽으로 1씩 커집니다. ↘ 방향으로 9씩 커집니다.
위로 10씩 작아집니다. ↗ 방향으로 11씩 커집니다. 등

3주차_수 배열표 39

정답 **9**

5일차 수 배열하기

규칙에 따라 빈칸에 알맞은 수를 써넣으세요.

1	4	7	10
2	5	8	11
3	6	9	12

오른쪽으로 3씩 커집니다.
아래로 1씩 커집니다.

4	3	2	1
8	7	6	5
12	11	10	9

오른쪽으로 1씩 작아집니다.
아래로 4씩 커집니다.

21	20	19	18
17	16	15	14
13	12	11	10

오른쪽으로 1씩 작아집니다.
아래로 4씩 작아집니다.

51	52	53	54
55	56	57	58
59	60	61	62

오른쪽으로 1씩 커집니다.
아래로 4씩 커집니다.

1	2	3	4
11	12	13	14
21	22	23	24

오른쪽으로 1씩 커집니다.
아래로 10씩 커집니다.

31	21	11	1
32	22	12	2
33	23	13	3

오른쪽으로 10씩 작아집니다.
아래로 1씩 커집니다.

규칙에 따라 수를 써넣을 때 ? 에 들어가는 수를 구해 보세요.

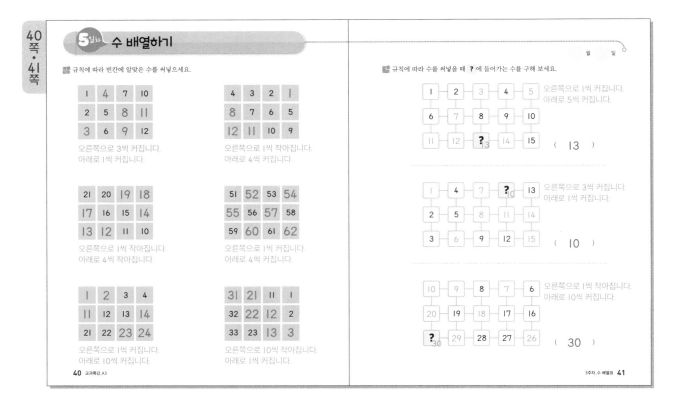

1	2	3	4	5
6	7	8	9	10
11	12	?13	14	15

오른쪽으로 1씩 커집니다.
아래로 5씩 커집니다.

(13)

1	4	7	?10	13
2	5	8	11	14
3	6	9	12	15

오른쪽으로 3씩 커집니다.
아래로 1씩 커집니다.

(10)

10	9	8	7	6
20	19	18	17	16
?30	29	28	27	26

오른쪽으로 1씩 작아집니다.
아래로 10씩 커집니다.

(30)

생각 + 더하기

버스 자리의 번호

규칙에 따른 버스 자리의 번호입니다. ■ 자리의 번호는 몇 번일까요?

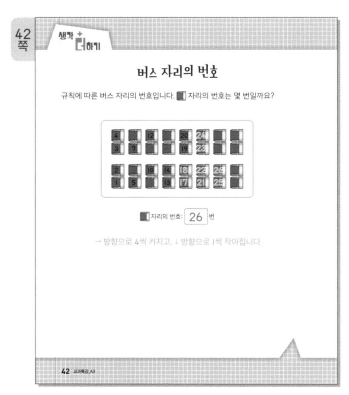

■ 자리의 번호: 26 번

→ 방향으로 4씩 커지고, ↓ 방향으로 1씩 작아집니다.

4주차: 덧셈뺄셈표

1일차 표 완성하기

덧셈표입니다. 빈칸에 알맞은 수를 써넣으세요.

+	1	2	3	4
1	2	3	4	5
2	3	4	5	6
3	4	5	6	7
4	5	6	7	8

+	1	3	5	7
1	2	4	6	8
3	4	6	8	10
5	6	8	10	12
7	8	10	12	14

+	5	6	7	8
5	10	11	12	13
6	11	12	13	14
7	12	13	14	15
8	13	14	15	16

+	0	3	6	9
0	0	3	6	9
3	3	6	9	12
6	6	9	12	15
9	9	12	15	18

뺄셈표입니다. 빈칸에 알맞은 수를 써넣으세요.

−	9	10	11	12
1	8	9	10	11
2	7	8	9	10
3	6	7	8	9
4	5	6	7	8

−	10	12	14	16
2	8	10	12	14
4	6	8	10	12
6	4	6	8	10
8	2	4	6	8

−	13	14	15	16
3	10	11	12	13
4	9	10	11	12
5	8	9	10	11
6	7	8	9	10

−	10	13	16	19
1	9	12	15	18
4	6	9	12	15
7	3	6	9	12
10	0	3	6	9

2일차 규칙 말하기

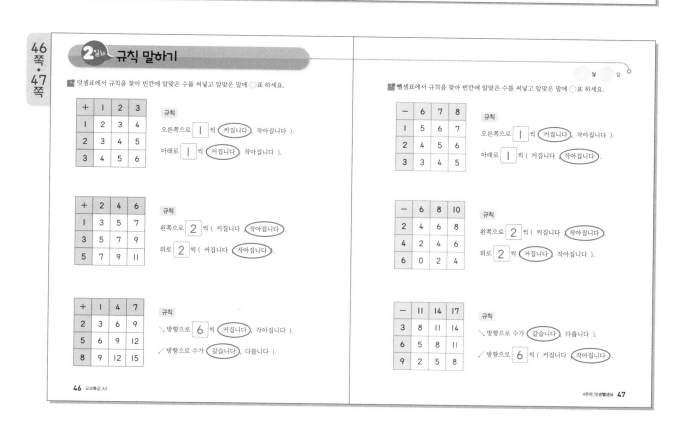

덧셈표에서 규칙을 찾아 빈칸에 알맞은 수를 써넣고 알맞은 말에 ○표 하세요.

+	1	2	3
1	2	3	4
2	3	4	5
3	4	5	6

규칙
오른쪽으로 **1** 씩 (**커집니다**, 작아집니다).
아래로 **1** 씩 (**커집니다**, 작아집니다).

+	2	4	6
1	3	5	7
3	5	7	9
5	7	9	11

규칙
왼쪽으로 **2** 씩 (커집니다, **작아집니다**).
위로 **2** 씩 (커집니다, **작아집니다**).

+	1	4	7
2	3	6	9
5	6	9	12
8	9	12	15

규칙
＼ 방향으로 **6** 씩 (**커집니다**, 작아집니다).
／ 방향으로 수가 (**같습니다**, 다릅니다).

뺄셈표에서 규칙을 찾아 빈칸에 알맞은 수를 써넣고 알맞은 말에 ○표 하세요.

−	6	7	8
1	5	6	7
2	4	5	6
3	3	4	5

규칙
오른쪽으로 **1** 씩 (**커집니다**, 작아집니다).
아래로 **1** 씩 (커집니다, **작아집니다**).

−	6	8	10
2	4	6	8
4	2	4	6
6	0	2	4

규칙
왼쪽으로 **2** 씩 (커집니다, **작아집니다**).
위로 **2** 씩 (**커집니다**, 작아집니다).

−	11	14	17
3	8	11	14
6	5	8	11
9	2	5	8

규칙
＼ 방향으로 수가 (**같습니다**, 다릅니다).
／ 방향으로 **6** 씩 (커집니다, **작아집니다**).

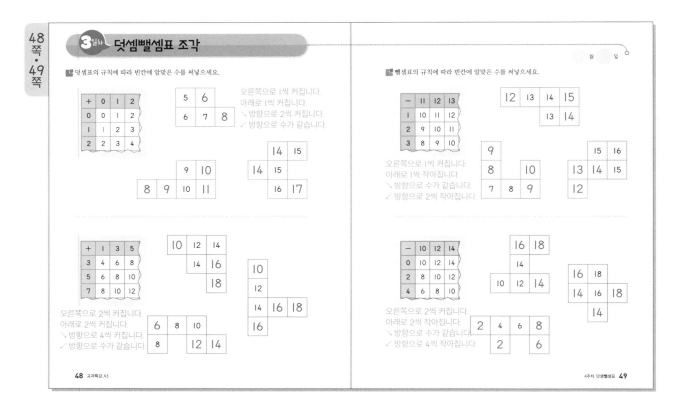

5일차 여러 가지 규칙

규칙을 찾아 빈칸에 알맞은 수를 써넣고 알맞은 말에 ○표 하세요.

1	2	3	4
3	4	5	6
5	6	7	8
7	8	9	10

규칙
오른쪽으로 [1]씩 (커집니다), 작아집니다).
아래로 [2]씩 (커집니다), 작아집니다).

6	4	2	0
9	7	5	3
12	10	8	6
15	13	11	9

규칙
왼쪽으로 [2]씩 (커집니다), 작아집니다).
위로 [3]씩 (커집니다, (작아집니다)).

4	6	8	10
3	5	7	9
2	4	6	8
1	3	5	7

규칙
\ 방향으로 [1]씩 (커집니다), 작아집니다).
/ 방향으로 [3]씩 (커집니다, (작아집니다)).

52 교과특강_A3

규칙에 따라 수 배열표를 완성해 보세요.

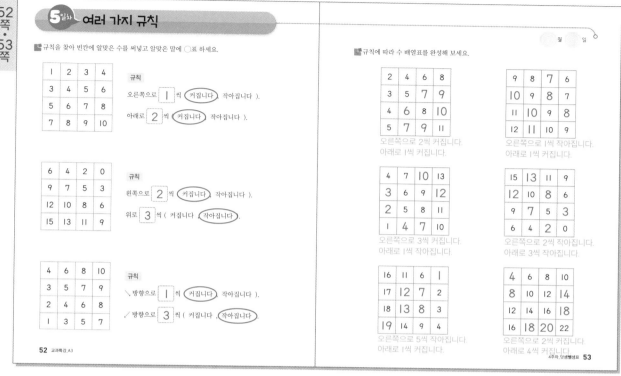

2	4	6	8
3	5	7	9
4	6	8	10
5	7	9	11

오른쪽으로 2씩 커집니다.
아래로 1씩 커집니다.

9	8	7	6
10	9	8	7
11	10	9	8
12	11	10	9

오른쪽으로 1씩 작아집니다.
아래로 1씩 커집니다.

4	7	10	13
3	6	9	12
2	5	8	11
1	4	7	10

오른쪽으로 3씩 커집니다.
아래로 1씩 작아집니다.

15	13	11	9
12	10	8	6
9	7	5	3
6	4	2	0

오른쪽으로 2씩 작아집니다.
아래로 3씩 작아집니다.

16	11	6	1
17	12	7	2
18	13	8	3
19	14	9	4

오른쪽으로 5씩 작아집니다.
아래로 1씩 커집니다.

4	6	8	10
8	10	12	14
12	14	16	18
16	18	20	22

오른쪽으로 2씩 커집니다.
아래로 4씩 커집니다.

4주차. 덧셈뺄셈표 53

생각 더하기

비밀번호

일정한 규칙이 있는 수 배열표가 있습니다. 보물 상자를 열 수 있는 비밀번호는 수 배열표에서 색칠된 칸에 들어가는 두 수의 합입니다. 비밀번호를 구해 빈칸에 써넣으세요.

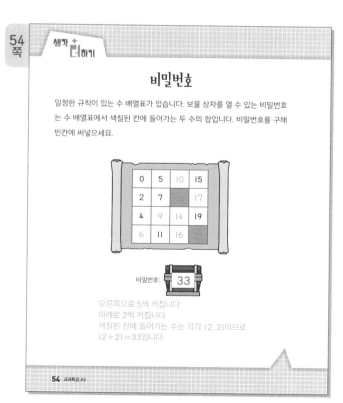

0	5	10	15
2	7	12	17
4	9	14	19
6	11	16	21

비밀번호: 33

오른쪽으로 5씩 커집니다.
아래로 2씩 커집니다.
색칠된 칸에 들어가는 수는 각각 12, 21이므로
12+21=33입니다.

54 교과특강_A3

링크: 화살표 규칙

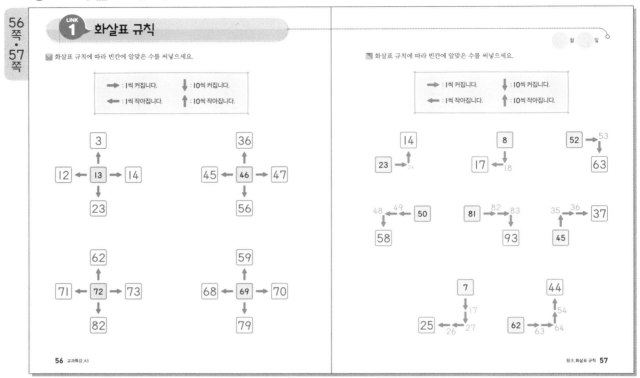

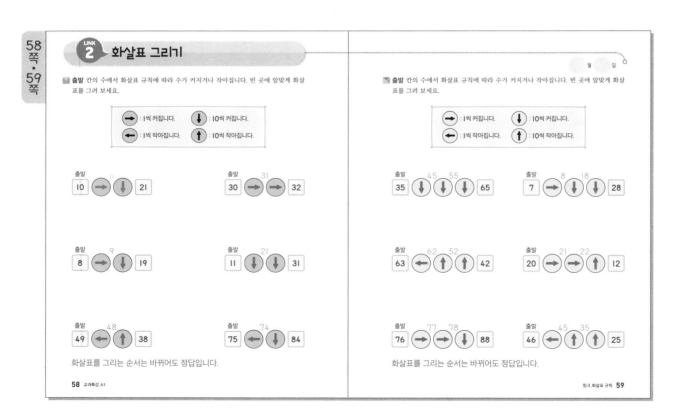

화살표를 그리는 순서는 바뀌어도 정답입니다.

화살표를 그리는 순서는 바뀌어도 정답입니다.

LINK 3 여러 가지 규칙

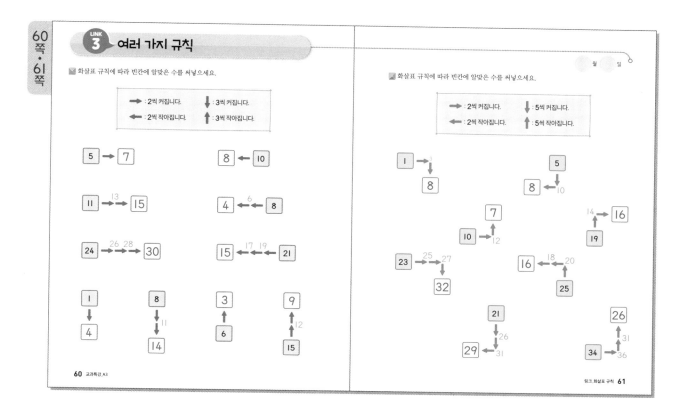

☑ 화살표 규칙에 따라 빈칸에 알맞은 수를 써넣으세요.

- ➡ : 2씩 커집니다.
- ⬇ : 3씩 커집니다.
- ⬅ : 2씩 작아집니다.
- ⬆ : 3씩 작아집니다.

5 ➡ 7   8 ⬅ 10

11 ➡ 13 ➡ 15   4 ⬅ 6 ⬅ 8

24 ➡ 26 ➡ 28 ➡ 30   15 ⬅ 17 ⬅ 19 ⬅ 21

1 ⬇ 4   8 ⬇ 11 ⬇ 14   3 ⬆ 6   9 ⬆ 12 ⬆ 15

☑ 화살표 규칙에 따라 빈칸에 알맞은 수를 써넣으세요.

- ➡ : 2씩 커집니다.
- ⬇ : 5씩 커집니다.
- ⬅ : 2씩 작아집니다.
- ⬆ : 5씩 작아집니다.

1 ➡ 3 ⬇ 8   5 ⬇ 8 ⬅ 10

7 ⬆ 10 ➡ 12   14 ➡ 16 ⬆ 19

23 ➡ 25 ➡ 27 ⬇ 32   16 ⬅ 18 ⬅ 20 ⬆ 25

21 ⬇ 26 ⬅ 29 ⬅ 31   26 ⬆ 31 ⬆ 34 ➡ 36

정답

형성평가

⋯ 형성평가 1회 ⋯

1 규칙에 따라 빈칸에 알맞은 수를 써넣으세요.

20 — 24 — **28** — 32 — **36** — 40 — 44

20부터 시작하여 4씩 커집니다.

2 규칙에 따라 색칠할 때 색칠하는 수 중에서 가장 큰 수는 무엇일까요?

11	12	13	14	15	16	17	18	19	20
21	22	23	24	25	26	27	28	29	30
31	32	33	34	35	36	37	38	39	40

12부터 시작하여 3씩 커집니다.   (**39**)

3 덧셈표의 규칙에 따라 빈칸에 알맞은 수를 써넣으세요.

+	0	3	6
0	0	3	6
3	3	6	9
6	6	9	12

9	12		18
	15	18	21

오른쪽으로 3씩 커집니다.
아래로 3씩 커집니다.

※ 규칙에 따른 극장의 자리 안내판입니다. 물음에 답하세요. (4-5)

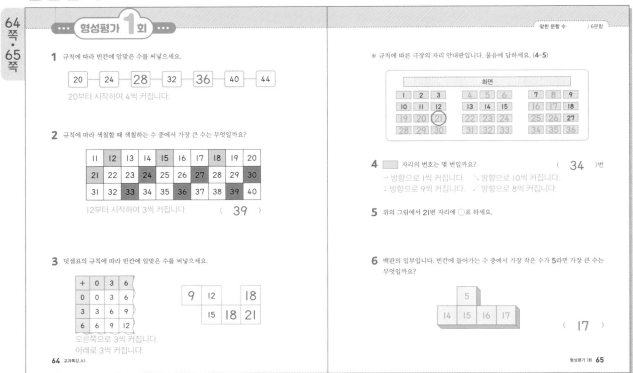

화면

1	2	3	4	5	6	7	8	9
10	11	12	13	14	15	16	17	18
19	20	㉑	22	23	24	25	26	27
28	29	30	31	32	33	34	35	36

4 ▨ 자리의 번호는 몇 번일까요?   (**34**)번

→ 방향으로 1씩 커집니다. ↘ 방향으로 10씩 커집니다.
↓ 방향으로 9씩 커집니다. ↗ 방향으로 8씩 커집니다.

5 위의 그림에서 21번 자리에 ◯표 하세요.

6 백판의 일부입니다. 빈칸에 들어가는 수 중에서 가장 작은 수가 5라면 가장 큰 수는 무엇일까요?

		5		
14	15	16	17	

(**17**)

⋯ 형성평가 2회 ⋯

1 규칙에 따라 빈칸에 알맞은 수를 써넣으세요.

5 — 3 — 1 — 5 — 3 — 1 — 5 — 3

5, 3, 1이 반복됩니다.

2 규칙에 따라 수를 써넣을 때 8을 써넣는 칸에 ◯표 하세요.

8 →

13	9	5	1
14	10	6	2
15	11	7	3
16	12	⑧	4

오른쪽으로 4씩 작아집니다.
아래로 1씩 커집니다.

3 백판의 일부입니다. 빈칸에 알맞은 수를 써넣으세요.

42	43		
52	53	54	55
		64	65

백판은 오른쪽으로 1씩 커지고,
아래로 10씩 커집니다.

4 규칙에 따라 수 배열표를 완성해 보세요.

8	12	16	20
6	10	14	18
4	8	12	16
2	6	10	14

오른쪽으로 4씩 커집니다.
아래로 2씩 작아집니다.

※ 달력의 일부입니다. 물음에 답하세요. (5-6)

일	월	화	수	목	금	토
1	2	3	4	5	6	7
8	9	10	11	12	13	14
15	16	17	18	19	20	21
22	23	24	㉕			

5 규칙을 찾아 빈칸에 알맞은 수를 써넣으세요.

오른쪽으로 **1** 씩 커지고, 아래로 **7** 씩 커집니다.

6 ? 에 들어가는 수는 무엇일까요?   (**25**)

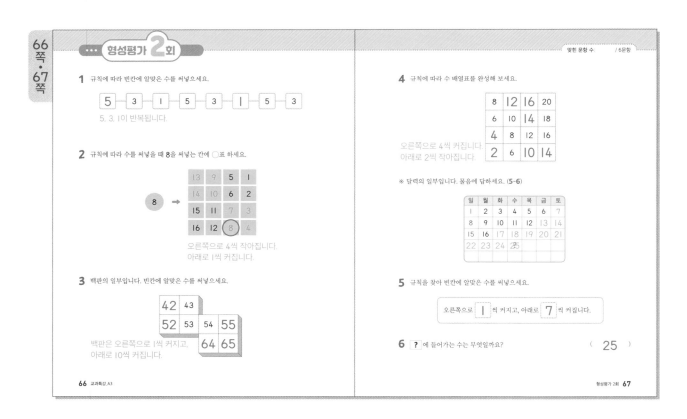

"교과수학을 완성합니다."

수와 도형의 배열에서 규칙을 찾아
사고력을 기릅니다.

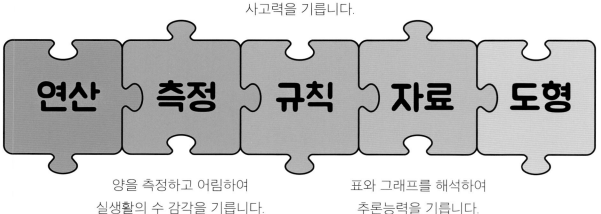

양을 측정하고 어림하여
실생활의 수 감각을 기릅니다.

표와 그래프를 해석하여
추론능력을 기릅니다.